KB188550

마쭈와 함께할 집사의 일 년 기록집

나 사랑하는 거 마쭈?

마쭈 지음

시월이일

ⓘNⓉⓡⓞ

난 세상에서 가장 강한 고양이다.

빗줄기 따위 내 앞길을 막을 수 없다.

자동차 따위도 나를 막을 수 없다.

유기되어 길을 떠돌던 마쭈는

어느 날 빗속에서 우연히 자신의 정체를 깨닫게 되는데...

"동물의 제왕 백두산 호랑이는 가장 강한 고양이과 맹수로 동물의 왕이라 불립니다."

오오
호..혹시 난 호랑이였던가?

"흐흐흐히히 니 아빠가 호랑이라고?"
"너처럼 약한 녀석이 무슨 호랑이냐?"

동네 깡패 고양이들에게 당한 마쭈.
맞고 쓰러지고 다시 일어나기를 반복하던 그 순간!

"비열하게 여럿이서 하나를 괴롭히다니, 그냥 지나갈 수가 없군."
"뭐 하는 인간이냐?"
"하하하 곧 사라질 녀석들에게 가르쳐줄 이름은 없다. 한꺼번에 덤벼라!"

"으으으으.. (벌떡 일어나) 이 녀석들 다 도망가 버렸어. 겁쟁이 녀석들 같으니.
좋아 이렇게 된 것도 인연인데, 내가 널 키워주마. 용기가 마음에 들었어.
내가 예전엔 30대 1까지 싸워봤는데, 그때, 아니 초등학생은 아니고 조금 더 큰 사람들하고…."

"으하하하하 이 녀석～"
"냥냥냥냥냥～"

이후 충실한 집사가 된 마부지(본명 김준호).
그렇게 마쭈는 JDB엔터테인먼트 상전이 되었다.

내 이름은 마쭈♪

이름 : 마쭈

나이 : 3살

키 : 170cm

몸무게 : 60kg

혈액형 : A형

MBTI : ENFJ

고향 : 백두산으로 추정

묘종 : 코리안 숏 헤어

별명 : 대쭈(머리가 커서)

직업 : 월드 스타를 꿈꾸는 크리에이터

거주지 : JDB엔터테인먼트

자주 방문하는 장소 : 골프장, 수산시장

특기 : 골프, 드럼, 우쿨렐레

인생 철학 : 내가 최고다!

성격 : 장난기가 많고 나 자신을 사랑함

시간이 남으면 주로 하는 일 : 거울 보기

좋아하는 것 : 산낙지, 칭찬

싫어하는 것 : 채소, 무시

* YEARLY ~

	01	02	03	04	05	06
SUN						
MON						
TUE						
WED						
THU						
FRI						
SAT						
SUN						
MON						
TUE						
WED						
THU						
FRI						
SAT						
SUN						
MON						
TUE						
WED						
THU						
FRI						
SAT						
SUN						
MON						
TUE						
WED						
THU						
FRI						
SAT						
SUN						
MON						
TUE						
WED						
THU						
FRI						
SAT						
SUN						

07	08	09	10	11	12	
						SAT
						SUN
						MON
						TUE
						WED
						THU
						FRI
						SAT
						SUN
						MON
						TUE
						WED
						THU
						FRI
						SAT
						SUN
						MON
						TUE
						WED
						THU
						FRI
						SAT
						SUN
						MON
						TUE
						WED
						THU
						FRI
						SAT
						SUN
						MON
						TUE
						WED
						THU

CONTENTS

Episode 1

또 한 살 먹었냥?

▶

내 이름은 마쭈. (미래의) 월드 스타 고양이!

새해 복 많이 받으세여~~

다들 이번 다이어리는 끈기 있게 쓸 수 있는 거 마쭈?

01 January

WEDNESDAY	THURSDAY	FRIDAY	SATURDAY

MON

TUE

WED

THU

FRI

SAT

SUN

January

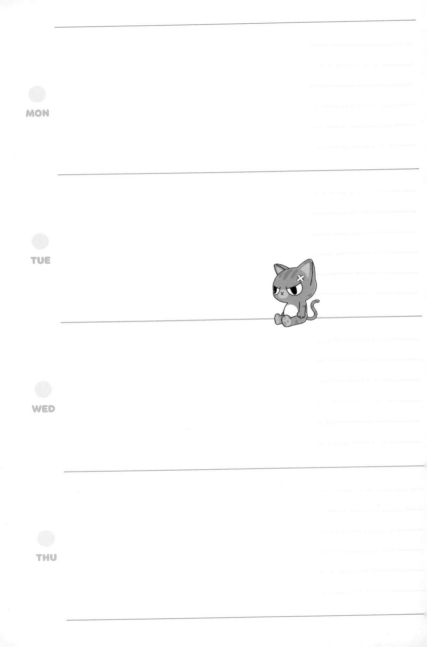

MON

TUE

WED

THU

FRI

SAT

SUN

January

MON

TUE

WED

THU

January

MON

TUE

WED

THU

FRI

SAT

SUN

January

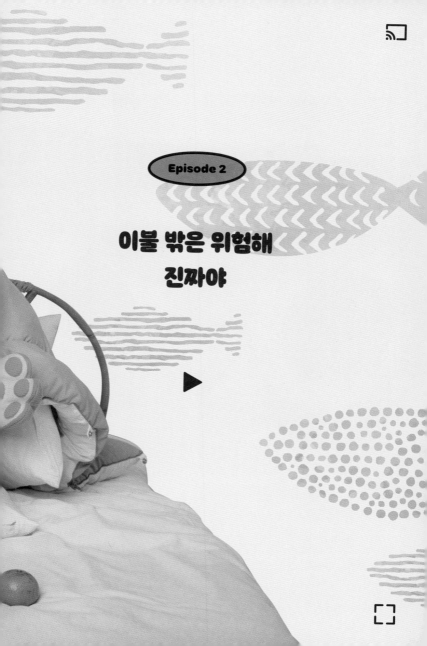

Episode 2

이불 밖은 위험해
진짜야

추운 거 정말 싫어요, 싫어. 이런 날은 뭐다?

이불 속에서 귤이나 까먹는 겁니다.

귤 없인 못 살아 정말 못 살아. 귤이 왜 맛있게여?

마쮸랑 똑같은 색이니까요.

02 February

SUNDAY	MONDAY	TUESDAY

MON

TUE

WED

THU

FRI

SAT

SUN

February

MON

TUE

WED

THU

February

February

MON

TUE

WED

THU

February

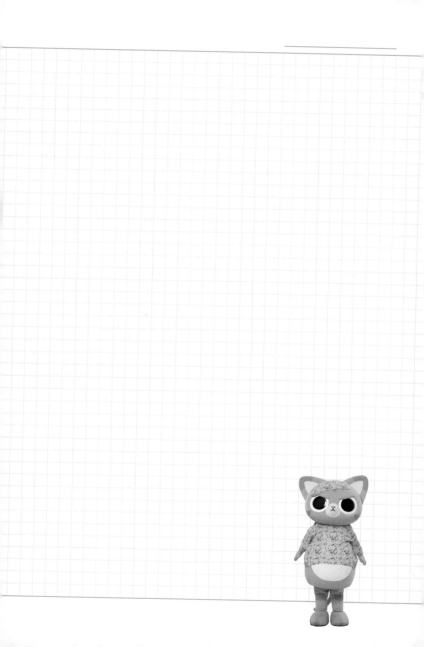

시작하는
집사들을 위하여

3월엔 새로운 게 많죠?

새로운 봄, 새로운 학기, 새로운 친구.

우리 집사들도 설레는 마음으로 시작해 보세요!

그 대신 저 잊으면 앙대요!

∴ 나의 ○○ 적응 일지

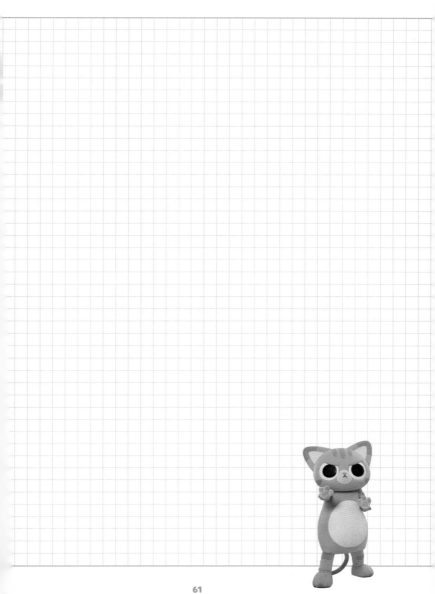

SUNDAY	MONDAY	TUESDA

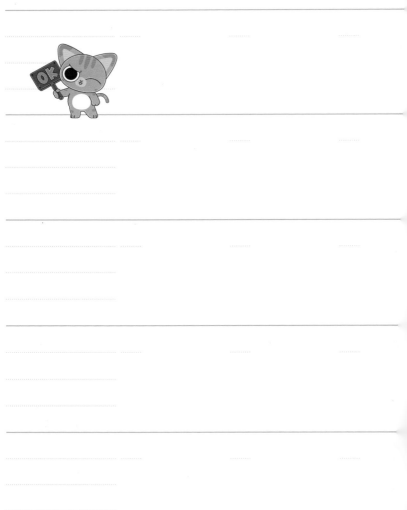

MON

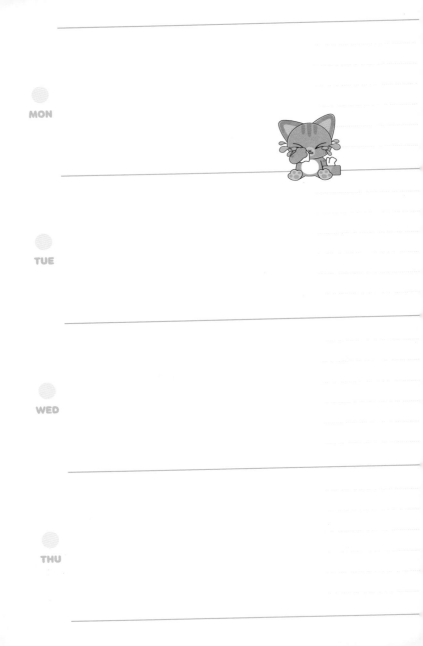

TUE

WED

THU

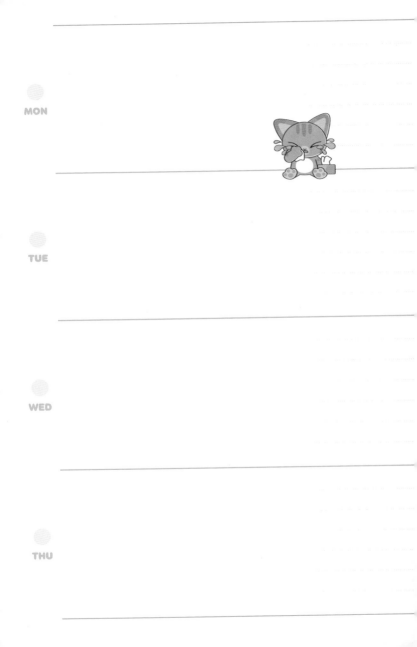

MON

TUE

WED

THU

FRI

SAT

SUN

March

MON

TUE

WED

THU

March

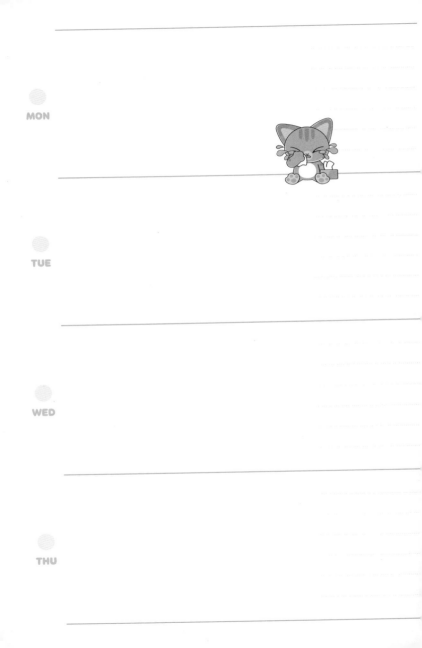

MON

TUE

WED

THU

〈며듀사당〉
임춘스 닝

피크닉의 계절이
돌아왔지롱

▶

꽃잎 흩날리는 봄날엔 챙겨야죠, 고등어!

아니 아니 돗자리!

하던 일 잠깐 멈추고 소풍 가요 우리~~

잔디밭에 누워서 츄르 하나 까면

여기가 천국 아니겠습니까?

04 April

SUNDAY	MONDAY	TUESDA

MON

TUE

WED

THU

FRI

SAT

SUN

April

MON

TUE

WED

THU

MON

TUE

WED

THU

MON

TUE

WED

THU

FRI

SAT

SUN

April

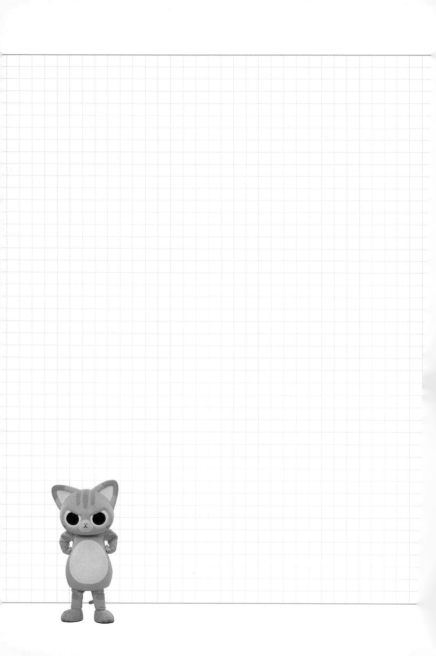

Episode 5

무슨 '날'이
이렇게 많다냥

5월에 필요한 건 두둑한 지갑이 아니라

다정한 말 한마디 마쭈?

자자, 다 같이 시작!

고마워요.

감사해요.

사랑해요.

최고예요.

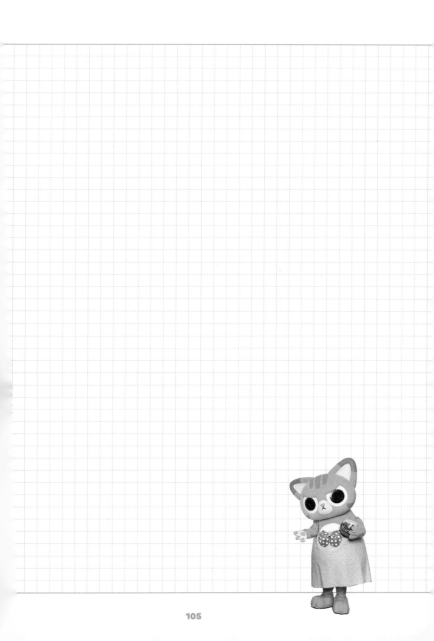

SUNDAY	MONDAY	TUESDAY

MON

TUE

WED

THU

FRI

SAT

SUN

May

MON

TUE

WED

THU

FRI

SAT

SUN

MON

TUE

WED

THU

Episode 06

이 구역 흥부자

▶

이 구역 흥 많은 고양이 니나노~

길거리에서 나오는 노래만 들어도 리듬을 타지.

스윕 첵! 비트 주세요!

마쭈와 함께 남은 반년도 신나게 지내봐요.

흔들어재껴~

0**6** June

SUNDAY	MONDAY	TUESD.

MON

TUE

WED

THU

June

MON

TUE

WED

THU

FRI

SAT

SUN

MON

TUE

WED

THU

MON

TUE

WED

THU

내 사랑이 마쭈♪

사나이 넓은 가슴에
깊숙이 들어온 그대
내 친구의 초딩 누이

뽀뽀를 하고 싶어라
커다란 나의 마음을
긴 글로 표현 못하네

왜냐하면 나는 아직
한글을 모르니까

니가 어린 남자 싫다고 해서
기저귀도 버렸었는데

강한 남자 좋다 해서
김치도 씻어 먹어

마 마 마
마쭈 마쭈 마쭈
나를 좋아하는 거 마쭈

마쭈 마쭈 마쭈
나를 사랑하는 거 마쭈
사나이 울리지마라

마쭈 마쭈 마쭈 마쭈 내 사랑이 마쭈
마쭈 마쭈 마쭈 마쭈 내 운명이 마쭈

오늘도 놀이터에서
그네에 앉아 있었네

혹시 니가 내 뒤에서
밀어 밀어 밀어 줄까봐

다섯 평생 왜 이리도
악착같이 사랑했나
내 눈물을 커피맛
우유로 달래본다

니가 어린 남자 싫다고 해서
기저귀도 버렸었는데

강한 남자 좋다고 해서
김밥도 그냥 먹어
마 마 마
마쭈 마쭈 마쭈

나를 좋아하는 거 마쭈
마쭈 마쭈 마쭈
나를 사랑하는 거 마쭈
사나이 울리지마라

마 마 마
마쭈 마쭈 마쭈
나를 좋아하는 거 마쭈
마쭈 마쭈 마쭈
나를 사랑하는 거 마쭈

사나이 울리지마라
사나이 울리지마라
마쭈 마쭈 마쭈 마쭈 내 사랑이 마쭈
마쭈 마쭈 마쭈 마쭈 내 운명이 마쭈

Episode 7

취미는 라운딩

호오오옹!!

생각만 해도 좋고,

잘해도 좋고 못해도 좋고,

없는 시간 쪼개서 달려가고 싶어요.

누구 생각 하냐고여? 골프 생각이요!

팔로 치지 말고! 고개 숙이고! 허리로 흔들어~~~

나이스샷!

생각만 해도 즐거운 일이 있나요?

잘할 필요 없어요.

마주가 알려줄게요!

내가 즐거우면 된 거죠!

07 July

SUNDAY	MONDAY	TUESDAY

MON

TUE

WED

THU

FRI

SAT

SUN

MON

TUE

WED

THU

FRI

SAT

SUN

July

MON

TUE

WED

THU

FRI

SAT

SUN

July

MON

TUE

WED

THU

Episode 8

노는 게 제일 좋아

와 여름이다~~~~

바다도 있고 계곡도 있고

서핑도 있고 수박도 있는 여름!

사실 더워서 싫어합니다.

그래도 휴가는 신나요. 노는 건 다 좋아.

올여름엔 어디로 여행을 떠나볼까요?

08 August

SUNDAY	MONDAY	TUESDA

MON

TUE

WED

THU

MON

TUE

WED

THU

MON

TUE

WED

THU

FRI

SAT

SUN

August

FRI

SAT

SUN

August

Episode 9

남는 건 뱃살뿐인
명절이다냥

▶

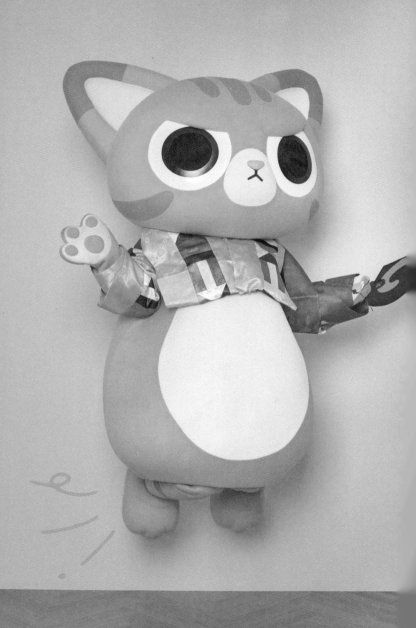

기다리고 기다리던 명절이 돌아왔습니다, 여러분.

모두 단추 풀어! 열중쉬어! 차렷! 먹어!

할머니 고모 큰아빠 외삼촌 둘째이모

스트레스 유발하는 질문하면 벌금입니다.

마쭈에게 명절은 산낙지 먹는 날!

아무 걱정 말고 마음껏 먹고, 살쪄도 스마일~~~

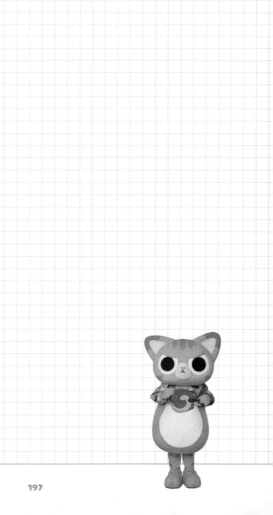

09 September

SUNDAY	MONDAY	TUESDA

MON

TUE

WED

THU

September

MON

TUE

WED

THU

September

MON

TUE

WED

THU

September

FRI

SAT

UN

September

Episode 10

까막눈입니다만

▶

마쭈도 책 좋아합니다.

이왕이면 두꺼운 책이 좋아요.

라면 받침으로 딱 이거든요.

올해도 다 지나가는데 이룬 게 없다고 느껴진다면

주문을 외워 봅시다.

'나 할 수 있는 거 마쭈?'

'내가 최고인 거 마쭈?'

조급할 거 없어요.

천천히 가자구요.

다 잘 될 거예요.

10 October

SUNDAY	MONDAY	TUESDA

MON

TUE

WED

THU

MON

TUE

WED

THU

October

MON

TUE

WED

THU

MON

TUE

WED

THU

October

Episode 11

외로우니까
고양이다

나는 외롭지 않지.

나를 좋아하는 집사들이 있으니까.

아닌가?.. 에잇...

월드 스타가 될 그 날을 상상하며

오늘도 나는 눈물을 흘린ㄷr. 주륵.

츄르 한 잔에... 생각에 잠긴ㄷr...

SUNDAY	MONDAY	TUESDAY

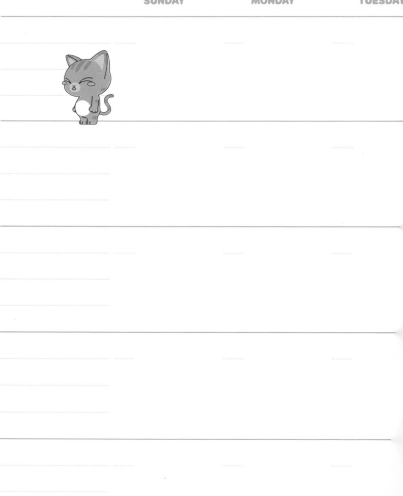

MON

TUE

WED

THU

FRI

SAT

SUN

November

MON

TUE

WED

THU

FRI

SAT

SUN

November

MON

TUE

WED

THU

FRI

SAT

SUN

November

MON

TUE

WED

THU

FRI

SAT

SUN

November

메리 크리스마쭈

메리 크리스마쭈 해피 뉴이어!

맨 앞으로 돌아가 보세요.

처음 적었던 다짐과 약속

잘 지키고 계신가여?

잘 지켰음 칭찬하고

못 지켰음 응원합니다!

마쭈와 함께한 일 년,

어땠나요?

이제 우리 서로 사랑하는 거 마쭈?

12 December

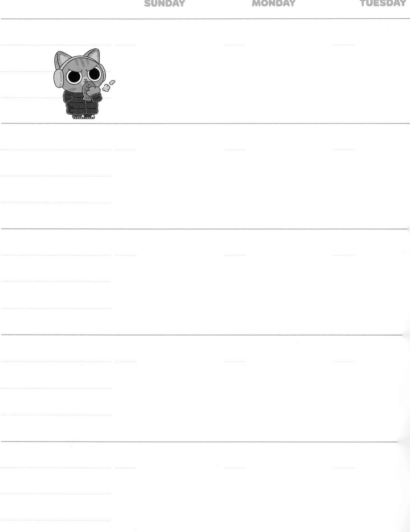

SUNDAY	MONDAY	TUESDAY

WEDNESDAY	THURSDAY	FRIDAY	SATURDAY

MON

TUE

WED

THU

December

MON

TUE

WED

THU

FRI

SAT

SUN

December

MON

TUE

WED

THU

MON

TUE

WED

THU

FRI

SAT

SUN

December

나 사랑하는 거
마쭈?

초판 1쇄 발행 2022년 12월 7일

지 은 이   마쭈
편   집   김은지
디 자 인   이우빈

펴 낸 곳   (주)해와달콘텐츠그룹
브 랜 드   시월이일
출판등록   2019년 5월 9일 제 2020-000272호
주   소   서울특별시 마포구 양화로 183, 311호
E-mail   info@hwdbooks.com

ISBN   979-11-91560-29-9 (02810)